U0068397

霞光萬丈

和權詩集

序

李怡樂

　　菲華著名詩人和權的詩集，《我忍不住大笑》、《隱約的鳥聲》、《回音是詩》、《眼中的燈》（菲中英三語詩集）和《震落月色》近年來相繼出版之後，很快的，又一新詩集《霞光萬丈》與讀者見面了。這是菲華文壇的喜事！

　　瘂弦曾稱讚和權的短詩是「華文詩壇一絕」，周粲認為「和權是個寫小詩的聖手」。誠然，和權的詩短小精煉，涉及的生活範圍甚廣；文字平白而寓意深邃，給讀者深刻的印象，受廣大讀者所喜愛。

　　《霞光萬丈》分四輯：

　　第一輯：霞光萬丈

　　第二輯：好韻無窮

　　第三輯：胸中的太陽

　　第四輯：一彎笑

　　本詩集共收入和權的詩近四百首。詩人的筆靈活巧妙：或借物喻人，或借景喻事；或含蓄婉約，或畫龍點睛……記錄了詩

人對現實生活方方面面的感受與看法。詩人態度鮮明地表達對弱勢群體的關注、同情；對戰爭的厭惡、控訴；對社會腐敗現象的不滿、諷刺。讀和權的詩，既能得到啟發，獲得知識，又增長智慧，一舉三得。

　　詩人的「憂思天下」、針砭時弊的這類詩作，依然是和權詩集與眾不同的一個亮點。

　　請看：

〈觸摸悲憫〉

　　大颱風蹂躪九省之後
　　人們
　　紛紛捐出同
　　情

　　惟
　　災民的
　　手
　　夠不夠長
　　觸得到同情嗎？
　　摸得到悲憫嗎？

　　此詩向社會大眾揭示令人痛心的事實，即是大量的捐款、捐物不「到位」，災民們的手不夠長，觸摸不到「悲憫」。

　　又一首〈歸宿〉：

最後的歸宿不是
大地
而是腸胃

煮的
煎的
炸的
燒的
一盤盤佳餚
令人吃得眉開
眼笑

唉唉！
病死雞呀
病死豬呀

　　讀此詩第一段時，會覺得有點困惑。當你隨第二段詩句而
「眉開眼笑」後，轉入第三段突然明白了，那些早該「入土為
安」的「病死雞」、「病死豬」，卻是「葬」在「腸胃」裡的
「佳餚」，令人不禁毛骨悚然。

　　真的找不到適當的字詞，可以咒罵這種不擇手段的黑心
商人。詩人高明地以「一波三折」的形式，揭露出問題的本
相，以及事態的嚴重。本詩集裡，「小民的痛苦」、「米」、
「民怨」、「官」、「政客」、「失業」、「大螃蟹」、「垂

淚」……等等，都是表現官僚腐敗，社會病態，老百姓疾苦的佳
作。由此可見詩人嫉惡如仇，是個性情中人。對親人，他用情至
深。在〈來生——結婚四十三年〉一詩裡，我們可以感受到詩人
豐富的情感。

〈來生——結婚四十三年〉

如果妳是
靜坐於窗內
皺眉沉思的
人
我願是
風中的樹枝
一直彎
彎向妳的
窗前，默默地
看著妳
守著妳

此詩以「如果妳是……我願是……」句型，勾勒出一幅樸
素的畫面，給人淡、雅的感覺。這種「淡」，是人與人之間情感
的最高境界（如「君子之交淡若水」）。高調的海誓山盟，誘人
的甜言蜜語，在此都顯得蒼白、無力、多餘。沒有言語，沒有動
作。妳「靜坐於窗內……沉思……」，我「默默地／看著妳／守
著妳」。非常的「淡」，妳我之間已臻心靈感應的層面。詩人若

非已領悟情之真諦，豈能寫出這般又「淡」又「雅」的作品。

　　此詩，我曾用手機發送給國內一個老同學，兩分鐘後回信：「詩很美。我，喜歡。」哦！或許經受過感情挫折的人，更容易領會在「來生」中，那「風中的樹枝」高雅的情意；更容易被溫馨的畫面所感動。

　　和權有豐富的情感，又有奇思妙想的天賦，成就了他的短詩繽紛多彩，意境奇特。試問，你相信嗎？詩是一種瓷器。請看：

〈時間博物館〉

任人瀏覽

喜歡也好
不喜歡也好
欣賞也好
不欣賞也好

詩千首
那些
靜寂擺在時間博物館
的
瓷器

　　要不是和權獨創出〈時間博物館〉，那千個「瓷器」（詩千首），真不知要存放何處。

「詩是／巨型冰箱」——〈凍〉（之二）
「詩啊／永不凋謝的／鮮／花」——〈鮮花〉
「詩是鳥聲／鳥聲是一條小／徑」——〈小徑〉
「詩／點亮的燈／泡」——〈燈泡〉
「詩／波濤洶湧的／海」——〈波濤洶湧〉
「詩啊／一帖醫療內傷的中／藥」——〈耳語〉
　　讀者想知道「詩」的真相，在本詩集裡，都可以找到答案。
和權以靈敏的詩思，及其各種巧妙的藝術手法創作的短詩，總
是讓讀者於會心一笑之餘，還要慢慢咀嚼詩句中的言外之意。
例如：

　　〈好韻無窮〉

　　乾澀
　　又怎樣？

　　假如你想知道
　　請給予
　　熱情的火
　　溫柔的水
　　滿懷的期待
　　即可嚐到沁人心肺的
　　馨
　　香

> 人世間
> 一罐上等好
> 茶
> 韻味無窮

　　從字面上看，此詩描述如何將「乾澀」的茶葉，沖泡出「沁人心肺的馨／香」。當你明白，詩人以「茶」喻「人世間」，詩句的言外之意，就得細細咀嚼。

　　「乾澀」，說的是茶葉，喻人類生活空間的單調（不變的廿四小時；不變的工作或學習、吃飯和睡覺）。怎樣才能讓「人世間」充滿「馨香」？詩人一語雙關指出改善生活品質的三個要素：

　　一、「熱情的火」——要熱愛生活。

　　二、「溫柔的水」——要像隨曲而彎的水適應生活環境（待人處世）。

　　三、「滿懷的期待」——堅定奮鬥的目標，滿懷信心地生活。

　　有如此積極向上的生活態度，生活就不會單調、「乾澀」，越活就越覺得有趣味——「韻味無窮」。

　　和權〈五行詩〉中的〈木〉：

> 既然不能
> 留在森林裡
> 只好
> 這樣想：
> 儘快成為書桌

或者棟
樑

不料
却被裝訂成
棺
木

啊！
這亂世

　　此詩寫的是「木」的命運，美好的理想――落空，最後用做「棺木」，至此，「木」已成定局――將埋沒於地下。而造成「木」悲慘命運之「因」，是「這亂世」。言外之意，讀者可回頭逐行逐句琢磨。

　　綜上所述，只介紹本詩集的一小部分。但，讀者已可欣賞到和權詩思與詩藝的高超境界。顯然，通俗易懂的文字，情感樸實的詩句，奇思妙想的意境，構成了和權現代詩獨特的風格。

目　次

第二輯　好韻無窮

第三輯　胸中的太陽

第四輯　一彎笑

第一輯　霞光萬丈

短　信

告訴
宇宙所有的
生靈
那蔚藍色的星球
我
曾留下了
一些情
一些愛

啊詩千首
一封短短的
信

二〇一四年　台灣《文訊》

大哉問

放學回家
小孫子
問道：
什麼是胸襟？

牽著小手
我帶他
登上大樓的頂
層：
看到落日
那顆玻璃彈嗎？
看到遼闊的雲海嗎？
看到飛機
像小船般
搖過去嗎？

二〇一四年　台灣《文訊》

石　說

石說：
人間
有太多的不平

卻不知道
有多少大石小
石
就有多少不
平

抽象畫

那不是雙頰
是夕陽
那不是臉
是黃昏
那不是聳動的
眉
是歸鳥

啊！
你看到的不是眼
睛
是充盈憐憫的
湖光
山色

珠　蕾

未寫出的詩
是珠蕾

等待盛開的珠蕾
是情
是愛

情愛
是否開遍稿紙
繽紛人世間
全看節
氣

二〇一四年　台灣《葡萄園》

柔　心

輕於鴻
毛
生命要如何加重呢？

一顆柔心啊
一顆悲憫心啊

駝

老人的背
一天比一天
駝

是不是
心中沉積的憐憫太
厚
背負的歷史苦難太
重
人間美好的夢夠圓夠
大
像天上的滿月
以致他的背
更駝了
連腳步也變得
踉蹌？

風　箏

做了一個風箏
父親
帶我去公
園

父親不在了

那隻風箏
至今
仍飛翔於雲
端

怨　恨

只想
靜靜地
躺在海灘上
看落日
看閃爍的
星子們

砲彈
導彈
核彈
很是怨
恨
它們去哪裡
都不是它們想去的
地方

二〇一四年　台灣《文訊》

淚

要輕鬆
不要沉重

不要化為一陣
雨

啊誰的心中
沒有一片
雲

盼

問：
你渴盼
看到什麼？

答：
自由　平等
人權　富裕
和文明

他們說
在戰火中
可以看到
這一切

星期天下午

夕陽
以腥紅的顏色
說出人間
一場場悲慘的戰爭

古老的教堂哪
卻用響亮的
鐘聲
道出人世的
祥和

棄 嬰

不再啼哭了
棄嬰
似乎睡得很甜

妻，嘆道：
生來幹麼呀？

低著聲音
我說：
讓人知道什麼是
幸福

聽　琴

流暢的樂音
是馬兒飛馳的
青青
大草原
激昂的音階
是波濤洶湧的
藍色
大海洋
輕快的音階
是迎風搖曳的
紅花
黃花
還有紫色的
花

啊啊
耳朵裏
竟充滿了繽紛的
色彩

來生（之一）
——結婚四十三年

如果妳是

靜坐於窗內

皺眉沉思的

人

我願是

風中的樹枝

一直彎

彎向妳的

窗前，默默地

看著妳

守著妳

二〇一四年 台灣《葡萄園》

來生（之二）

幾乎嚐盡天下美味了
來生
只想細
品
妳脈脈的眼神
妳的

笑

飾

上蒼
飾藍天以飛鳥
飾大地以繁花

人們
飾天空以戰機
飾江山以砲火

礦　源

發現時
你深覺欣
喜

悲憫是愛
愛是詩
詩是

無盡的礦源

核彈的煩惱

唉！
一旦炸回石器時代
核彈
還有什麼用？

小民的痛苦

貪腐啊
貧窮啊

痛苦
才發覺波濤洶湧的
岷灣
也不過
那麼淺

無　淚

看見電視上
非洲母親抱著
活活餓死的嬰兒
她深陷的眼睛
癡呆
無淚

突然發現
夜雨中
大樹的哭泣
還有玻璃窗流淚不
停
與悲傷無
關

悲傷啊
是堅決拒絕淚水的眼
睛

霞光萬丈

雖不是
豪氣干雲的
旭日
卻依然霞光萬丈
燦爛了西天
美麗了山川
讓人
一再臨風
回首

你是落
照

無題七行

人情
水杯中的碎冰
快速溶
解

世道
月圓月
缺

活　著

沉默
說了許多話
用詩
說了千言萬
語

其實
翻來覆去
只輕聲
說了一句話：
愛你

刪

容量有限
只好刪除一些
煩憂，刪除一些
痛苦的挫折

爾今
記憶體中
僅儲存
快樂

啊愈活愈像一部
快樂的
蘋果手機

讀　詩

妻問：
除了寫詩
你想
做什麼？

抬頭
我微笑
細讀著
星空中
那些閃爍的
詩句

臉

臉，本是清澈的
湖水

哦！
那有不被風
吹皺的
湖水

吹皺就吹皺吧
水底
這顆慈心猶
在

鎚

無常
一把揮舞於半空的鐵
鎚
就要敲下來
就要敲下來

唉呀
竟然如此敲
碎
這顆如水晶般剔透的
心

淺　笑

大地每天痴望著天空
且以
滿山遍野
迎風搖曳的
花
以五顏六色
以馨香
說：
我愛你

天空
回應以新月的淺
笑

五行詩

「金」

天下父母心
沃土啊

總有一天
你會在此挖到
耀眼的
金

「木」

既然不能
留在森林裡
只好
這樣想：
儘快成為書桌
或者棟
樑

不料
卻被裝訂成
棺
木

啊！
這亂世

「水」

不停
流動
就是無法棲
止

水族啊
什麼時候
生
根？

「火」

每天
都在烤
火

不平啊
能能燃燒的
火

「土」

作為一片土
地
卻長不出
一株草
一朵花
啊一片綠色的森林

你的臉龜裂
你的嘴唇乾澀
成天面對著一朵
灰雲
寄予無限的希
望

發　財

賭場的大門
張開嘴巴
吆喝：來發財喲
來發財

天呀！
有多少人
輸掉親
情？

水　柱

靜坐了
一個下午
那水池
終於在暮色中
激射出
異彩繽紛的

詩思

佔

佔財
佔身份
佔地位
也佔權勢
什麼都可以被
佔據

哈！除了流芳的
詩名

草與孤松

風從東方吹來
就往西邊倒
風從西方吹來
就往東邊倒
是你的個性

昂首挺立
不管風從哪裡來
都一樣
站得筆直
是我的性格

草是草
孤松是孤
松

快樂無比

「當我們同在一起
其快樂無比……」
小孫子
放學回家
唱個不停

想起小時候
也唱著同樣的歌
眼睛
突然潤濕
模糊起來了

螞　蟻

賭場
一塊塗滿甜漿的蛋
糕

人啊
圍攏過來的
螞蟻
競相扛著
一塊
悲劇
回
家

鼠

碰碰碰
睡到半夜
突被老鼠驚
醒

心想：
不必費力去抓了
白天出門
不也到處
都是

花啊花

石縫間有一朵
憂思
草地上有七八朵
傷悲
瞧！
水池邊
又有好幾朵
憐憫

啊啊
在紙上勾勒的
花
妳會喜歡嗎？

護　照

　　愁著臉
　　美麗的菲律賓女郎
　　說：
　　今後，沒有護照
　　不能從三寶顏
　　去到馬來西亞了

　　哦！
　　魚，有護照嗎？
　　鳥，有護照嗎？

註：三寶顏鄰近馬來西亞，她們可以坐小舟自由來去。

抹　布

吵得很兇
一隻螞蟻吼
道：
桌上的餅屑是我的

另一隻也怒
道：
是我先看到的

時間抹布掠過後
餅屑沒了
螞蟻也不見了
（桌面上又恢復了平靜）

失　業

一面喝著委屈
一面詛咒人間的
不平
我沒醉

醉的是
搖搖欲墜的月
亮
如果它掉下來
哈！
歡迎加入
失業
大軍

呵呵笑

放置一個捕鼠器
她說：
太可惡了！

呵呵笑我說：
夠用嗎？
天下那麼多猥瑣的
鼠
輩

鼻　屎

生為一粒鼻屎
你，很是
自卑
之後卻逐漸改變心態
因為
發覺自己原來黏在高處
可以傲視世
界

江湖人生

沒有了刀來劍
往
還像江湖嗎

沒有了行俠和仗
義
也不像人生啊

殞星

殞星
無法把自己
墜出宇宙無限

哪一顆是憂思？
哪一顆是悲辛？
哪一顆是憐憫同
情？

二〇一三年　台灣《文訊》

修

痛苦
雪融了

快樂
繁花著
枝

一片黑暗

抬頭
他看到一片黑
暗

你卻看到黑暗背
後
緩緩上升
釋放光和熱的
旭日

電　筒

一生
都在黑暗中
追索
光明

卻不知道自己
就是
光
明

佛家説

放下
放下

唉！
綁在身上的
名
鎖住手腳的
利
如何
放下？

魚　想

悶悶不樂
一隻魚
說它厭倦了
海底世界的
一切

魚想：
陸地上的
人
一定很幸福
沒有
大吃小
沒有
殺戮

燈　泡

痛苦
一片黑
暗

詩
點亮的燈
泡

一雙手

愛是
一雙手

欲滴的淚
是彈奏出來的
樂音

樂音是情
琴鍵是心
任一雙手來回彈
奏

二〇一三年　台灣《乾坤》

魚尾獅

來到星洲
總喜歡
痴望
那隻魚尾獅

年華老去
猶游不出苦海
也發不出
一聲吼

註：人生是苦海，不為物累，也為情愁，況乎還有「生老病死」。而心中
　　積壓太多的悲憤不平，若能發出一聲吼，那也不錯。（此詩為作者心
　　境之投射）

冰　雕

雕龍也好
雕鳳也好
都要雕出一聲聲驚
嘆

啊啊
明知道會融化
也要用心去雕歲
月

澆

晨光中
她在陽台上
一面澆花
一面快樂地唱
歌

這朵素雅馨香的
花
你要記得天天
澆呀

聖誕樹

都說老人是枯樹

枯樹又怎樣？
掛上一些
飾物
再點亮五顏六色的
燈
不就是一株洋溢著
節日氣氛
人人喜悅的

聖誕樹

二〇一三年 台灣《葡萄園》

畫　家

只勾勒幾筆
就把妳的容顏神
情
呈現了出來
連唱歌的眼睛
也畫出來了

思念
另類的畫
家

思　念

伸手一抓
就抓到了一把歌
聲

那是妳
在遙遠的地方
一面洗碗
一面唱歌時
不小心，被風吹過來的

擁　有

露水
對晨星說：
妳擁有蒼穹
我擁有花
園

太陽
一出現
晨星沒了
夜露
也不見了

大螃蟹

很後悔

不怕海濤動地

也不怕惡浪

驚天

很後悔

無心無腸

卻敢於在光天化日下

橫行

很後悔

貪污自

肥

終於

成為桌上的佳餚

筆

筆是扭腰擺臀的
舞池中的高手
筆是搖動於茫茫大海的
槳
筆是
武俠小說中
闖蕩江湖
仗義的
獨行俠

傳　真

傳真情
傳真愛
傳真微笑
傳真快樂的歌
聲

就是不能傳真
比月色朦朧的心機

鐵　鋸

鋸來
鋸去
全是自己的
同胞

明知
切割著骨肉
卻不覺
錐心之痛
聽不見一聲聲
種族分裂的哀嚎

童　年

童年是
鞦韆上盪來盪去的
快樂
是木馬上旋呀旋
的歡叫
是綁不好的鞋帶
是書包裏的連環畫
啊！是媽媽藏在背後的籐條

盡　頭

走了那麼久
還走不到
痛苦的
盡頭

才走不久
就到了
快樂的
盡頭

踢毽子

童年
是歡叫著
把毽子踢上
天

啊，直到今天
毽子
仍在空中
沒掉下來

黑夜之棉被

成為灰燼之前
火柴
在思索燒破黑夜之棉被

成為灰燼之後
仍在思索焚燒黑夜之棉被

美　好

擦著槍
兵士嘆道：
希望世上真有美
好

槍
冷冷地說：
沒有手指
不能扣扳機
就十分美好

賭

要賭就賭大的
我今生
押在

善良

小　孩

一張嫉妒的臉
我看到了
龍捲風
地震
洪水

一張甜美的臉
我看到了
一片花海
翩翩飛舞的
彩蝶

一生

才下了一點
雨
街道就漲水了

站在橋上
你說：
有什麼了不起
不就是
從這裡走過去嘛

搖　晃

青春
一塊逐漸溶解的
冰

化為水
在心中搖
晃

綠

怎麼斬
也無用
春風一吹即迅速
綠了庭園
綠了河畔
綠了原野
綠了山巒

悲憫啊
同情啊
無所不在的青
草

觀流水

急匆匆
流往哪裡？

世人的
淚
匯成的江河
流往哪裡？

悄悄
告訴你
它，滔滔滾滾
流入我的
詩

相　看

在妳眼中
看到了
愛

在他眼中
看到了
關懷

偶爾
也看到
啊看到謊言

對　話

月亮說：
我的憾事
是眼前
一片朦朧
看不清
世人的面貌

太陽說：
我的憾事
是光華萬丈
把這世界
看得
清清楚楚

香

母愛
每一枝花
插遍天下所有生命之
瓶

淡淡的香氣
瀰漫了百年千
年

溫馨甜美

輕撫著
躺在床上
老人家
稀疏的白髮
端詳她
滿額的皺紋
聽著
不太清晰的
語音

淚眼中
逐漸浮現
她往日的溫馨甜
美

諧　音

生命
一支短短的
橫笛
用它吹出
悲　歡　離　合
獨特的曲調

刺耳也好
不協調也好
最終
都成了美妙的
諧音

翅　膀

慾望
是天空

天空
是龐大的鳥籠

嘲笑著
每一對
翅膀

光（之一）

太黯了
你們需要一把
笑聲

那光
足以照亮世
界

縱使
笑中有
淚

孵

戰爭之蛋
遲早
要孵出和平

奈何！
你卻要它孵出
權勢

光（之二）

一首詩
完成了
宛若一滴淚
閃著
光

光
大聲的說：
地球啊
我愛你！

美麗的橋樑

很想
將自己
架在人與人之間
架在國與國之間
架在民族與民族
之間

雨後
顯現於天際的
彩虹
憂心忡忡地
俯瞰
人間

願

從那麼高的地方
摔下來
卻絲毫無
損

告訴你：
生活啊
我是雷霆萬鈞的
瀑布
從不怕
摔

時間博物館

任人瀏覽

喜歡也好
不喜歡也好
欣賞也好
不欣賞也好

詩千首
那些
靜寂擺在時間博物館
的
瓷器

題　字

不同於他們
用筆在古蹟上題字
你用詩千首
在這顆藍色的星球
印下
………………………深深
的
足跡

第二輯　好韻無窮

金黃的快樂

慈悲是灰雲
灰雲是雨水
雨水濕潤著
龜裂的
心田
長出稻穗
長出一片金黃的

快樂

修改之一

修改多年
一首詩
終於完成了

今生是
一首不滿意的
詩
卻不知
要怎樣
修改

修改之二

不必修改

兒女啊
都是一揮而就
愈看
愈滿意的好
詩

韻味無窮

乾澀
又怎樣？

假如你想知道
請給予
熱情的火
溫柔的水
滿懷的期待
即可嚐到沁人心肺的
馨
香

人世間
一罐上等好
茶
韻味無窮

山　壁

他們說
那僅是一片
爬滿青苔
平淡無奇的
山壁

山壁就山壁吧

瑪瑙
笑了：
管它有沒有人發
現

嘆 息

從望遠鏡裡
外星人
窺視下界的
禮義之邦

一聲嘆息：
他們到處吐痰
插隊
大聲喧鬧
吃相難看
甚至在古蹟上刻
字

獻　禮

稿紙
以詩
增添世界的美好

花朵
以濃豔的色彩
增添世界的美好

你呢？
啊展顏的笑容
是我誠摯的
獻禮

玻璃樽

小孫子
喜歡
透過玻璃樽
看世界

哦！願他
看不到
黑白顛倒
扭曲的景與
物

只見到
一張張眉飛色舞的
笑臉

苦　瓜

望過去
又是一張苦瓜
臉

假如能選擇
誰
願意嚐這人間的苦
味呢？

保　險

天呀
商場有保
險
就有火
災

猶如
愛情

大樹的話

大樹
用全部的
綠
向蔚藍的天空敍述
什麼是
美好

也在秋風中
以滿地的枯
黃
告訴人們
什麼是
剎那

老 伴

風雨
瀟瀟
我發現
窗外那兩棵寂寞的老
樹
互相扶持著
想一起渡過漫漫的
長夜

望著她
我，不由自主地
笑了

問　號

創作詩
是不是一種貢獻？
發明核彈
是不是一種貢獻？

背
愈來愈駝
終於駝成了一個
大大的
問號

碎　石

你發誓
要
一步一腳
印

根本沒想到
腳底下
全是時間之碎
石

夜空的鏡子

懸在
蒼穹
夜空這一面鏡子
映出世人那顆
碩大的野心
和一閃一閃
的

慾望

變

黑髮
變白了
紅潤的臉
變黃了
什麼都在變
唯
心的顏色
仍是
一樣

愛與恨

愛
滿園爛漫的
春花

恨
殘枝敗葉

沮　喪

大石頭
擔在肩上
愈來
愈重

小沙粒
用手指
一彈
就不見了

你擔石頭
我彈
沙粒

清　明

雨水說：

條條大路通

往

墳場

墓草

笑笑

什麼都不說

鷹　語

飛倦了
鷹
對翅膀剛硬的
小鳥說：
這個巢
比天空要
好

那麼美

星空
看得很清楚

有黑暗的世界
才有
那麼美的
萬家燈
火

燈

愛情
日光燈呀
時開時
滅

親情
佛前的
一盞
長明燈

萬聖節

牆角
樹下
庭園
破屋
什麼地方都找過了
就是找不到一隻鬼

嘻！
他們忘了
該到心中去
找一找啊

床

驚床
懼床

沒有它
哪有一場一場的
惡夢

唉人生
柔軟舒適的
床

「大災禍」四題

一、超級颱風

樹倒屋塌
夷平九省的
是
超級颱風

超級颱風
卻遠不如人心
摧毀不了
這顆美麗的
藍色
星球

二、觸摸悲憫

大颱風蹂躪九省之後
人們
紛紛捐出同
情

惟
災民的
手
夠不夠長
觸得到同情嗎？
摸得到悲憫嗎？

三、安眠藥

一合眼
就聽見災民的慘
叫

唉！整夜
站在窗前
癡望著月亮

望著望著
月亮
竟愈來愈像
一顆
安眠藥

四、燦笑

平靜了，那波濤般起伏
的心情
你燦笑

大颱風肆虐
屍橫遍野之後
倘若
無知無覺的話

讀詩記

寂寞和孤獨
約好了
要在前面的
路邊
等我

卻不知道
我改走水路
航行於
書海

森　林

森林裡
有奇花異草
有甜蜜的瓜果
卻也有
噬人的
野獸

哦！
大城市
的
建築森林裡
不也是
一樣

風的腳步

沙沙的落葉
是
風的
腳步

它
有意在歷史上
留下
痕跡

啊夜裡
我聽見落葉
在窗外踱
步

問瀑布

人間有多少苦惱？

盤坐
如苦行僧的
瀑布
似如無聞
只坐在那裡
繼續唸它的
大悲咒

胃

胃
每天都在極力
忍受著
痛苦

欲慾
這巨大的
胃
是用來飢餓的
不是用來
消化美食的

兩　刃

兩片唇
是剪刀的
兩刃
剪斷了
情
剪斷了
愛

惟
剪不斷苦
惱

夜　歸

縱使
事物與景物的
顏色
全是黑的
也沒有什麼可怕

倘若
確知有一顆太陽
在你內心

唸　佛

凡是平靜的
水
都能映出
清晰的
月亮

心是水
愛是
月亮

磁　鐵

你的心是
巨大的磁鐵
牢牢地吸住
善良，情與
愛
以及許許多多
動人的故事

哎：卻永遠
吸不住飛逝的
時光

旗

詩思
是一面升在空中的
旗

悲憤
將它
吹得像
海潮一樣
洶
　　湧
澎
　　湃

籠 鳥

問：
籠鳥
在吱喳些什麼？

答：
今後
三餐都有著落了

大社會

見報的
是似詩非詩
的
東西

未見報的
是千錘百煉
的
小詩

煙霧飄渺

山
什麼也不做
什麼也不想
只是，整天昏迷於
煙霧的虛無飄
渺裏

吸毒者
這一座荒蕪的
山

小　徑

詩是鳥聲
鳥聲是一條小
徑

循著這條小徑
走過去
就找到了
繽紛的花朵
就找到了
春
天

一灘水

快要蒸發了

雨後
一灘水
毫不傷悲
仍然
高高興興地
映出陽光的
赤
　橙
　　黃
　　　綠
　　　　青
　　　　　藍
　　　　　　紫

生　命

笑得很燦爛
妻說：
生命就像一座
宏偉的
八十層
高樓

我說：
看！
那顆小露珠
正在映射
陽光的
七彩

夜讀唐詩

一面飲酒
一面讀詩

讀著讀著
唐詩與宋詞
竟飲入體內

開口喚
妻
竟喚出遍地
李杜的月
光
連那烽火
也依稀可見

夜　飲

不想飲酒

一飲
傷心的往事
懷念的人
就在星光下
影影
綽綽

不飲吧
寂寞
又像浪潮般
滾滾
掩至

聽心跳

聽著聽著
就聽見了沙場上
一陣急劇的鼓聲

聽著聽著
就看到了杜甫
在昏暗的書房裏
憂慮的
烽火

聽著聽著
就聞到了濃烈的
火藥味
飄自伊朗
飄自敘利亞
啊，飄自美國的
槍砲口

憾

那麼多作品
那麼多獎狀
那麼多掌聲
詩人
該已無憾了吧

嘆了一口氣
他說：
一直寫不好
今生
這首詩

黑　海

生命
波濤洶湧的黑
海

他們渡過去
用悲傷製造的
小舟

千古悠悠
有幾人
用快樂製造的
小舟
渡過？

寫詩的枝椏

在空中揮舞
枝椏
輕嘆道：
一生要寫多少詩
才算是詩人？

風在樹上
呵呵笑：
只要寫出一首
是詩的

詩

饕餮客

天上飛的地上走的
水中游的
全在桌子上
而饕餮客
竟在談笑間
吃掉了千百萬股票
吃掉了豪宅和汽車
連人也一起吃了
當然，不吐骨
頭

人　海

吐著白沫
浪潮
一波一波地
追逐過去

至今
仍在那裡追逐
朝夕不斷
追逐著

空名

嚴　父

嚴肅的父親
滿心的愛
是
白髮

藏在
濃密的黑髮裡
遲早
它會露出來

暮

不讓晚霞美麗於天
際
不讓豔光四
射

沒有晚霞
就沒有眷戀
就沒有滿懷的傷
悲

寂寞孤獨

誰說
他很孤獨？

剛與蘇東坡請益
又與老杜談心
才跟非馬聊詩
又跟周粲笑古論今

誰說
他的書房裡
關著偌大的寂
寞？

初　戀

羞澀的笑
依然緊緊黏在內
心

記憶
強力膠水啊

書

書的封面
遠比人的那張臉
要薄
一撕
就破了

書中的句子
卻猶如起伏的波濤
承載著
比軍艦還重的

真理

快樂的彼岸

鼓浪前進
船
終於抵達快樂的
彼岸

讚嘆聲中

沒人提起
風
沒人提起
帆

純　樸

　　純樸跟馬車一樣
　　逐漸消失於
　　華人區

　　華人區
　　多了一些高樓
　　多了一些賭場
　　多了一些毒販
　　也多了一些
　　煙花
　　女子

　　心想：
　　馬車不再回來了
　　純樸呢？
　　純樸呢？

軍　備

槍械
大砲
轟炸機
坦克車

還有
須要購買
戰艦

貧窮在笑
饑餓也在竊
笑

手機驟響

雨
不停地
下，連心情
也濕了

好在手機驟響
啊手機裡
散發著
遠方燦爛的陽
光
溫暖了斗室
溫暖了淒涼的
夜

髮

稱美它
羨慕它
你
總在窗前癡望月
亮

卻不知
月色
悄悄漂白了你的
髮

荷花化石

從古國
帶回一塊荷花化
石
凝視時
似乎聞到淡淡的
清香

千年前
這朵素雅的
花
從沒想到會流
芳
至今

窺探　之一

從望遠鏡中
窺探地球
外星人
驚叫：

世間
多的是
人情冷暖
世態炎涼
啊不公不平之
事

窺探　之二

放下望遠鏡
外星人
嘆道：

人世間
最公平的是
水災、地震
還有病
痛

冷　暖

太冷
你就凝固成
冰

暖了
即刻溶解
為
感動的
淚

人情啊人情

夢（之一）

夢是一座橋
架在
暮年與青春之間
你，飛奔過去
抓住
一把歡笑
還有媽媽的

叮嚀

夢（之二）

一身冷汗
你
被驚醒之後
嚷道：
夢
很可怕

好在詩人
並不相信什麼
人生
如夢

不忍飄墜

烤著
烤著
時間以憂思烤
我

烤成了
金黃
我是樹上
一片不忍飄墜的
葉

紅　心

孩子
在紙上畫了一顆紅
心

媽媽見了
想起玫瑰
爸爸見了
想起槍靶
想起戰
場

鏡

大海的鏡子
收藏落日
燦爛的晚
霞

湖泊的鏡子
收藏星星與月
亮

你家之妝鏡
專門收
藏
青春
美麗

詩之草

低著頭
小草
沒有聲音
任由昂首挺胸的
樹
高歌
吟唱

大小樹
終被砍伐了
而小草
雖被火燒
卻依然
綠了
人間

懺　悔

拖著沉重的腳步
踏入教堂
然後輕快地
走出來
對著迎面而來的漂
亮
妹妹
吹口
哨

想

住在這裡
一出門
就看見許許多多
閑花
雜草
就看見到處攀附的
衍蔓
曲藤

真想重上碧
瑤
再去瞧瞧那挺拔
一身潔骨
直上雲霄的
青松

餘　香

人生的花瓶裡
插滿了
歡笑的鮮花

花枯了
瓣瓣餘香
猶盈滿老人的心
房

寄落日

岷海灣
的落日
是椰島迷人的微
笑

呵呵
把美
裝進想像之
信封裏
以詩為郵票
寄給

全世界

鮮　花

時間是
水
空間是
土壤
而你的想像之美
種在這裏
長出了
吐露芬芳
永不凋謝的
鮮花

詩啊
永不凋謝的
鮮
花

送　別

以茶
代酒
竟然令人微醺

純啊
濃啊
有味啊
這一杯醇美的友
情

老　婦

久無
人跡
心
是一座荒涼的廢
園
四壁牽著

絲

對落日說

落日
似火

你
大聲說：不要灼傷希
望
要嘛
就把心中的悲
憫
燒旺

詩　多

是缺少
運動吧
肚子都
鼓起來啦

我大笑：
全怪詩多
一半寫出來了
另一半
還在裡面

刀

距離是
鋒利的刀
切斷恩怨情
仇

距離不是鋒利的
刀
連思念
也切不斷

琥　珀

放在水中
琥珀
即刻浮上來

關愛是琥珀
琥珀是關愛
浮現於
稿紙上

十字（之一）

張起兩手
恰似一個大大的
十字

十字交於
心，在於
陰陽相和
在於
愛

愛啊
曠觀萬
物

十字（之二）

張起兩手
恰似一個大大的
十字

你說：
十，是數之終
代表空無

哈哈笑
我說：
空無是胚胎
猶如滅絕
是胎生之
初

深　潭

沉在一片黑暗之水底的
不是
太平歲
月

而是
數不清的戰亂
以及
冤案

歷史啊
千丈的深潭

暮色（之一）

逃難似的
鳥
飛得不見蹤影了

哦
是西天
烽火
熊熊

暮色（之二）

即使
濃豔的色彩
那麼短暫
也是好的

仰著臉
一朵爛漫的
春花
如是說

劍

你是
出鞘的怒
劍

於今
鋒芒盡歛
卻仍有人
見到閃動的劍
影

火山琉璃

冰冰
清清
通體透明
隱隱閃現著
美麗的彩
虹

悄聲
告訴你：
真有這樣的
人

第三輯　胸中的太陽

獻

詩
越寫越像燦爛的
花朵
溫馨的
笑

一千首詩
一千朵花
一千個甜美的
笑
全獻給
終日磨難我的
世界

承　載

承載著山
承載著水
承載著各種各樣的
人物
連地球
也能承載

心
一張薄薄的
畫紙

搖椅坐不得

搖呀搖
搖到饑餓的童年
搖到媽媽
淚眼模糊的歲月
搖到日機
轟炸的年代
搖到八國聯軍
侵華的時期
搖到唐朝的戰亂
啊啊
搖到第三次世界大
戰

太可怕了！
搖椅，真的
坐不得

二〇一三年　台灣《乾坤》

近與遠

到天國的路
是近？
是遠？

那全看你用什麼去
量
是愛？
是恨？

海　潮

去了又來
海潮
恍如努力忘記的
往事
一再地
憶起

那就憶起吧
海潮
幾曾停止過

錄　影

錄下了
妳的青春
妳的亮麗
還有妳的眼睛
與百花
一起笑出的

香味

錄音帶

沉默
並非沒有話
說

小老百姓
一卷卷
尚未播放的
錄音帶
不僅收著如詩般
的樂句
還收著如泣如訴的
悲調

米

田地裡
盛產顆粒大
洋溢香味
外銷的
米

今日，到市場去
放眼盡是
泰國米
越南米
還有日本米

啊眠夢中
竟化作年輕時
每天吃的
國產
香噴噴的
白米飯

民　怨

小民們的血與汗
化成了
貪腐者的
汽車
洋樓

憤慨
傷心
才曉得岷灣的落日
為何總是
紅著眼
睛

美麗的火車

嘟嘟嘟
一列美麗的火車
駛往哪裡？

火車
已經消失於
視線

青春
一列美麗的火車
向前疾馳
它將永遠駛離生活
駛離記憶
不再回來
不再回來了

憐　憫

妻，笑問：
人的憐憫之
心
有多大？

微笑著我抬頭
望天
呵！
那無邊無際的
廣袤

酸月餅

月餅
很甜
吃起來
卻一年比一年要
酸

唉！
中秋團聚
又少了幾人？

網

他是掩面
痛苦地呻吟
抑是悲泣？

悲泣聲
能不能織成一張
網？

能不能網住
溫飽？
能不能
網住
太平的日子？

啊這張畫
令人不忍多
看

蛇

沉默是一條斑斕的
蛇
小心啊
不要踩到它

卑鄙不要踩到它
下流不要踩到它
失德不要踩到它
無情不要踩到它

蛇啊
它有致命的
攻擊

一碗水

時間這一碗
端不穩的
水
溢出些許
又何妨？

今日
卻深怕碗中
剩下的
水
再溢
出一點
一滴

今　夜

月光如水
你就悄悄化為游魚
游出世間
游出煩憂
擺脫情欲的束縛
去尋找
你的

來處

中　秋

一個華人說
他不喜歡過中秋
喝悶酒
看月亮

一個華人說
他喜歡中秋節
吃月餅
玩骰子

一個生在中國
一個生在千島

到此一遊

爬到幾米高的
大佛身上
旅客
高興地
刻上名字

這名字
立即被勁風猛吹
吹向海外
吹向
全世界

樂　音

若果
你追求的是
弦外之音
是玩味
是思索
那就來讀詩吧

啊！
那一聲
嘎然的休
止
餘韻
悠遠

模特兒

似笑非笑
側身
一條輕紗
遮住裸體
僅露出線條優美
的背

唉！
一首含蓄的
好詩

記　得

出門時
不再記得回家的
路
握筆時
不再記得熟悉的
字

今夜，在暈燈下
望著妳
竟壓抑不住
流淚
啊我還記得流
淚

獎

槍聲不斷
炮聲不斷
日復一日
年復一年

噢！
沒有槍聲與炮聲
哪有
和平獎

闖蕩江湖

生而為魚
怎能不闖蕩

江湖

免不了有
網
免不了有
鉤鈎
還有凶惡的
大魚

清　廉

從不收賄
也沒人向他抗議
司法
不公

光陰說：
我鐵面無私
乃是世上
最清廉的
官

五行組詩

金生水

轟轟隆隆
機器
要來疏導了

堰塞湖
又驚
又喜
深怕機器
太粗魯
又喜自己
今后不
氾濫

木生火

假如
沒有這一塊
木頭
火，怎會
熊熊
燃燒

愛啊
心中的木
頭

水生木

淅瀝淅瀝
雨
終於盼來了

草木啊
一陣狂喜：
怎能不一片
繁茂
旺盛

土生金

一心想要
報答父母的
恩情

金是
山岩的子女
永遠忘不了
養育之
恩

火生土

一片
焦土

全因
天上飛著導
彈

五行組詩之二

木尅土

沮喪是
鬆動之泥土

多栽些樹木吧
多種些希望
繁衍成
林
防其
崩塌

土剋水

如果性子有如湍急的
水流
那也無妨

只要
搬運理智的
土石
即可阻其氾
濫

火剋金

剛烈的個性啊
堅硬似
金

來些火吧
來些柔情與
熱情
促其熔
化

金剋木

慾望
是過盛之林木

唉！只好
用心中的斧子
予以
砍伐

水剋火

盛怒
熾熱的烈
火

趕緊
用水
用悲憫
用同情
來滅其災
禍

哎

生日
有人歡叫道：
祝妳
永遠青春美麗！

望著天上悠悠的
白雲
哎！時刻在變
形

大與小

屋子
很小
卻容下了
那麼龐大的
親情

太平洋很大
世界
也很大
卻容不下
小小的
和
平

尺

榮華　富貴
名利　地位
都不堪
死亡之尺的
衡
量

唯有
親情
愈量愈
大

鏡非鏡

　　每天照的，都不是鏡子。

　　政客啊，商人啊，醫生啊，教師啊，真想照鏡子的話，或許可以拿起良心，照它一照。

山　洪

扯開喉嚨
大聲地喊叫：
砍伐吧
砍伐吧
讓你們再也看不到
綠
林

悲憤的嘶喊
撼天動地
卻
只有風聽見
只有雨聽見

失眠八行

翻來
覆去
想著母親
念著母親

風雨
瀟瀟
安撫了一整
夜

亞熱帶

她輕嘆：
在這裡
沒有機會看到
飄飛的
雪

指著心
我說：
絕無冰冷的
雪花
只有溫情的花卉
只有各種甜美的
果

風入林

誰
都想有個家
誰
都不想四處
流浪

瞧！
風一入林
就戀戀不捨
無心
走
了

佛

無苦

無痛

無外邪感觸

無不治之

症

因為看空

圓滿慈

悲

不在七情六慾上

種下

病根

垂　淚

毒奶粉

瘦肉精

毒豆芽

問題膠囊

注水肉

假牛羊肉

病死豬

我望見

觀音

在燭光裏默默地

垂淚

歸　宿

最後的歸宿不是
大地
而是腸胃

煮的
煎的
炸的
燒的
一盤盤佳餚
令人吃得眉開
眼笑

唉唉！
病死雞呀
病死豬呀

海

洗掉了
沙灘上凌亂的足跡
就是
洗不掉自己
身上的油
污

檀 香

愈久
散發的香氣愈
盛

友情
一塊堅硬的檀
香

杯　子

大標題：
不堪貧困當童工
十四歲男孩自盡
另一標題：
因領不到數月欠薪
公校教師懸樑自盡

唉唉
你只能
把目光
從報紙上轉到桌面的杯
子

杯子啊杯子
杯子啊杯子

胸中的太陽

你看到
這顆心映出
夕照

他卻驚見
光芒萬丈的
朝曦

心 室

讓我
出入古
今
縱橫四
海

妳是
我書房裏
溫馨的燈
光

靈　芝

生於山林間
卻懷有佛
心
時刻想濟世救
人

在風雨中
靈芝
口口聲聲說
也想
跟遍地的殘花一樣
化春
泥

展覽館

紅的
黃的
白的
藍的
紫的
各種顏色的
花
相聚在一起
一片祥和寧
靜
繽紛了世
界

人呢？

紅碧璽

輕輕撫
摸
閃現著星光的紅碧
璽
那是千年前
一句誓言
化成的

它以最堅硬的結
晶
鞏固我們
前生的
愛情

軍　演

練習防衛是須要的
練習攻擊是須要的
遲早
都要廝殺一場

人生呀人生

讚　美

人人欣賞滿園的
姹紫
嫣紅

沒人讚
美
春風

對現實說

即使
北風凜冽
一片荒蕪
寸草不
生

在心靈的江南
依然鶯飛柳
長
風光
明媚

游　泳

喜歡
游泳

一生一
世
在妳水汪汪的眼
中

游呀游

風與浪花

風說：
開在半空的
浪花
好美呀！

很開心
一朵比一朵亮麗的
浪花
從不知道
沒有風，就沒這樣
美

耳　語

微笑著
他
悄聲說：
最小的
即是最大的

容納了整個世界
這方寸啊

中　藥

現實
直搗過來的
重
拳

詩啊
一帖醫療內傷的中
藥

路

那是一條
直通天國的
路

這條路
終被亂草掩蔽了
有人找不到
更多的人
忘了
它
這條路啊
名叫

誓言

白　髮

煩惱是白髮
失意是白髮
思念是白髮
離愁是白髮
憂思天下也是
白髮

啊！
哪一種白髮選擇了
你？

瓶

心是
剔透的瓶子
有人
裝滿了血
有人
裝滿了淚
也有人裝滿憐
憫
就是沒人裝滿快
樂

結

失意是結
貧病是結
別離是結
年華老去是結
天災人禍是更大的
結

打了一個結
又一個結
誰不在心裡打
結？

幸　福

與她
坐在池邊
你
把謊言折成一條船
推入水中
看它
順著風
緩緩前進
緩緩下沉

眼中
竟然閃爍著幸
福

怒　火

怒火
中燒
那又怎樣？

能不能
照見一條人生的
坦途？

能不能
點燃滿城的
燈火？

最後的結果
還不是
悄悄
熄滅

再看一看

醒來吧
即使您不想再看人間
諸多的苦難
也該睜開眼睛
再看一看
圍繞在身邊的
親情
與愛

親情
與愛
何只值得一看再看
母親啊母親

別

聽見星子們
一閃一閃的悲
歌
看到月亮
掛得那麼高
連一絲暖意
也沒有

當白雲
向晚霞辭別時
當晚霞
向夜空辭別時
當老人家
無聲地
告別時

答　案

問：
什麼是詩
詩是什麼

答：
淚
汗水與
血

打火機

詩是
打火機
讀詩的人啊
請一捺
再捺

或許
它會點亮你的
世界

農　夫

揮動鋤頭
不懈地
在田園裡
耕種

在你眼中
田地是人生
迎風擺動的稻
穗
是情
是愛

詩之湖

詩
或會愈寫
愈像明亮的
湖

讓現實
都像翠綠的
山巒以及
古松般
倒影於
水中

讓美與
雄偉
也全印在湖
心

劇　場

啊，天天都在演戲

不是演
悲歡離合
就是演
生老
病死

台下空無一人
到底
賺了誰的
熱淚？

賺了熱淚
又如何？

蜉　蝣

凝視著
池塘裏的
蜉蝣

吃驚地
發現
它竟對著我眨眼
且說
我就是你
你就是我

時間的模樣

嘴角漾著笑
妳說：
很想看看
時間的模樣

眨著眼我說：
看吧
屋角的蛛絲
壁上的裂痕
這一座
漏雨的樓房
還有，窗外
大樹上
結滿的
果

服　藥

皺紋
掉落地上
變成蠕動的
蚯蚓
鑽入土裡去了

他
服了一種藥
叫
忘憂

看　透

活到今天
什麼都看透了
猶如看透了淺
溪

妻說：
是的
除了人以外

倒退的樹

列車
疾駛向
前

急速後退的
樹
嘩嘩大笑：
有退
就沒有終點站
有退
啊！
天空海闊

乾　杯

盛入杯中
是快樂也好
是痛苦也好
是甜美的回憶
也好
善飲者
絕不會咕嘟咕嘟
一口

乾了

豐　收

悲憤
煩憂
不平
同情
撒下的金色穀
子啊

終於
長出了迎風搖曳的
詩句

摔　跤

不小心
在路上
摔了一跤

我大笑：
什麼地方都可以
摔
除了
賭場

埋　怨

　碧波萬頃
　湖
　埋怨道：
　月亮啊
　不要離我那麼遠

　微微地笑著
　月亮說：
　我就在妳的
　心中

不正經

秋風啊
竟如此的
不正經

樹
輕聲罵道：
不要那麼急
那麼沒有
情趣
一下子
就把人家剝
光

柔　情

成熟的稻穗
可以收割
謊言
可以收割
甜笑
可以收割

也可以販賣

唯一
不能收割
也不能販賣的
是柔情
啊如水的柔
情

兩隻眼睛

月亮
是一隻瞪大的眼睛
看著他
摟緊長髮的女人
進入
車房旅館

太陽
是另一隻眼睛
看著他
一臉正經
步入
辦公室

大　笑

風雨中
花呀草呀
都縮在那裏
瑟瑟
發抖

樹
卻直著軀幹
放聲大
笑

風雨
愈強勁
笑聲愈響
亮

憂　愁

憂愁比落葉要
輕
風一吹
就不見了

憂愁比大石頭還
重
壓在心上
就站不起來

五行與五味

酸入肝
苦入心
甘入脾胃
辛入肺
鹹入腎

難怪
讀一首好詩
會感受
五味雜陳
會老淚
縱橫

憐　愛

憐愛是
漫天美麗的
雲霞

詩人
說：
映在海灣中
是短暫的
不如
映在詩中
讓眩目的色彩
天長
地久

爆　竹

過年時
詩人
也興高采烈地
點燃情思
讓詩之爆竹
綻開
一朵朵
喜　怒　哀　樂
盛放於稿紙之
夜空中

真　實

不要
天荒地老

只要
此刻默默地
望著妳
對妳痴
笑

只要
妳眼中閃爍著
幸福

金　魚

宿命
那冰冷的水簇箱
盛滿了悲
情

何以我竟成了金魚
不管怎麼游
總有玻璃
擋在
前面

亂　箭

不喊痛
不流血
每天默默地
承受
生活亂放的
箭矢

倔強
勇敢
嘿，我們是
永遠射不倒的
箭
靶

白沙灘

妳說：
那些美好的日子
已在心中
留下印痕

我笑了：
心呀
它是美麗的
白沙灘

卻不忍
告訴她：
歲月的浪陣
已滾滾
湧來

照　亮

不是在中東
就是在亞洲的
天空
無數的炮火
閃爍閃
爍
照亮了
美國的

正義

天堂與地獄

聽見
妳銀鈴般的笑聲
看到了
天堂

聽見
核彈嘩然的大笑
看到了
地獄

第四輯　一彎笑

從不流淚

花凋了
草葉枯了
深愛的情人悄然走了
他
沒有
淚

啊，今天──
他輕撫著孤兒的
頭
流了
淚

搜　集

不搜集情
不搜集愛
也不搜集童
話

走進孤兒院
他
搜集
散落於四周的
辛
酸

江河與海潮

奔流向前
江河
一心想匯入大海

海潮
卻希望回歸
希望
滋潤久旱的土地

你是江河
抑是
海潮？

採　花

採了一籃子的
太陽花
那人
離去時
竟然眯著眼
說：

這花園
一點也不
美

被夾在黑暗中

發覺自己
被夾在泛黃的書頁裡
很久很
久了

書籤
想：
活在黑暗中
未必是壞事
我樂於等待那一雙
手
樂於完成任
務

絢　爛

那麼美
那麼絢爛
卻一下子就消
失了

謊言
天邊的夕
陽

年　輪

如果
時間是撐天的大
樹
那麼，歷史就是
年輪了

雷轟
電擊
更加深了
那一圈圈
旋出的

災難和
動亂

政　客

指著心
他說：
這是花草繁榮
蝴蝶飛舞的
熱帶
雨林

天呀
裡面住著多少
蛇？
多少豺狼
虎豹？

夜　禱

用心聽
你，就會聽清楚：

草葉間
昆蟲
以尖細的嗓子
祈求一切的眾生
無論大或小
無論強或弱
無論已出生或尚未
出生
都能遠離苦惱
平安快
樂

官

有潔癖
手，洗了又洗
恐被玷污

時時感到
手是污的
沾著
錢味

無題十行

她問道：
喜歡小說、散文
還是詩？

含著笑我說：
「老人與海」是好詩

又問道：
詩是什麼顏色？

我反
問：
光是什麼顏色？

藍　月

她說：
詩人的眼睛
猶如夜的
簾幕
遮蔽著憂
傷

卻不知道
她的一顰一
笑
璀璨了詩人的身
心

鳥　語

棲息於天線
小鳥
啁啾著
說
唱了一首又一首
歌
讓葉子聆聽
讓花朵聆聽
啊！
連晨曦
也趕來聆
聽

夕陽下

夕陽下
愈飛愈小的
是
歸鳥

真想
呼的一聲
跟歸鳥一樣飛向遠方
只是
飛越今生之後
歸去哪裡？
歸去哪裡？

魚　語

　　如果不是
　　泅泳於生命之海
　　怎會看到
　　大魚
　　吃
　　小魚

　　如果不是
　　泅泳於生命之海
　　怎會看到
　　那麼多
　　香
　　餌

啊啊！
怎會有魚尾紋
又怎會
痛苦掙扎於歲月的
鐵鍋中

敲

幾本詩集
就一生了

撫一撫
敲一敲

竟然
啊！竟然發出銅
聲

濃　霧

遺忘是
濃霧
遮蔽了情
遮蔽了愛
遮蔽了痛苦的
快樂的
一切

無如
記憶之晨光一照
霧就散啦
霧就散啦

唉！
往事

一彎笑

自滿
自傲
浪濤滔天的海洋
說：
我比陸地大得多

星空遙望著渺小的
海
露出一彎
笑

帶 走

有人說：
錢財
帶不走
名譽
帶不走
什麼也帶不走

她，卻明明
帶走了
花紅柳綠
帶走了
我整個春
天

酸

吃起來
很酸很酸
教人禁不住
掉淚

車站
碼頭
機場
到處都有人吃
每天都有人
吃

離別
青澀的芒果啊

燈光憂傷的餐廳

華婦
以鄉音
對她的小孩說：
KAIN
KAIN

瞄著我
菜譜上
每一隻漢字
彷彿都在
苦笑
桌上的杯子碗盤也在
苦笑

唉唉！
連燈光都憂傷的
餐廳
我如何吞嚥？
我如何吞嚥？

註：KAIN係菲語，意謂「吃」

浮　雲

榮枯又如何？
炎涼又如何？
都是
浮雲啊

連我自己
也是
浮雲，除了詩

除了情
除了愛

鳥　啼

拂曉
一隻鳥尖銳的
啼聲
刀似的
划破了美
夢

也划破了
一個個
白日夢

鳥啼
大自然的佛號

觀　浪

礁石的
剛與海濤的
柔
迸發出朵朵透明
亮麗的
浪花

哦，凡是亮麗的
都稍縱即
逝嗎？

山（之一）

登上高峯後
才知道
是許多謊言
堆砌成的
山

卻很自信
是站在巍巍的山
頂

山（之二）

什麼也沒有
峯頂
只有積雪
只有刺骨的寒
風

人人卻都想
攀登名
山

一陣煙

山後
升起一陣裊裊的輕
煙

腦海中
閃過父親的臉
閃過三、兩好友的
臉
閃過相聚的時光
閃過笑古笑今的日
子

再望向藍空
唉，我搜尋
那一陣輕
煙

春　風

花兒
繽紛了世界

詩
吹拂的春風

真　假

　　假的是
　　人的笑聲

　　真的是
　　觀音眼角的淚
　　光

滿　月

嘆了一口氣
她說：
什麼是愛？
愛是什麼？

望著那一輪滿月
詩人笑道：
在潺潺的小溪
在平靜的湖面
在奔流的江河
在浩瀚的大海
顯現了柔和的清
輝

凍（之一）

誰說
春歸無覓處？

凝結成冰
這心湖
凍著陽光呢
凍著燦爛呢
凍著撲鼻的清香呢

凍（之二）

凍著情
凍著愛
凍著悲憤
凍著憐憫
啊，除了仇恨

詩是
巨型冰箱
儲蓄你的精神糧
食
也儲蓄

綿綿的歲月

蘸

詩人呵
請用你的筆
蘸一蘸吧
或會寫出
絢爛的篇章
眩目的金
句

岷海灣
此刻靜靜地
泡著晚
霞

閃　電

隆隆隆
憤怒的閃電
道：
仗打了數世紀
還在
打

哈哈笑我說：
閃電
什麼時候停止殺
人呀

波濤洶湧

承載著
希望
承載著
真理
連更重的郵輪也能承
載

詩
波濤洶湧的
海

棉被（之一）

冷嗎？

輕輕地
替妳蓋上
一張被子

陰冷的醫院裡
陰冷的人世間
妳需要一張
棉被

愛是一顆心
一顆心是棉被
一張夠暖夠厚的
棉被

棉被（之二）

那麼厚的歲月
一張溫暖的棉被
輕輕地
蓋著妳
從此不再感受到人間的
寒冷
不再顫抖
甚至不再痛
苦

歲月是愛
愛是一張溫暖的
棉被

鞋　子

一起登山
一起涉水
夫妻
是一對漂亮的鞋
子

如果
一隻破了
另一隻
還能快快樂樂地
走在
陽光大道上？

望 月

是惆悵？
是悲哀？
月亮
看起來有點疲
憊

猶如看了一場
又一場
人間的悲
劇
月亮它累了
倦了

看

人看月
亮
圓了又缺
缺了又圓

月看人
間
戰火燃了又熄
熄了
又燃

岸

快樂
迷失於
煙霧瀰漫
茫茫大海的小
舟

岸呀岸
岸在哪裡？

啊！
岸是心
心是
岸

溯流而上

歷史
一條奔馳的江河

假若溯流而上
你會不會驚慄於
一把
嗆然出鞘的
武士刀？
會不會驚慄於
刀尖上
刺著嬰兒？
會不會驚慄於
中國
龍
公然被肢
解？

呼　喚

沙沙沙
樹枝說些什麼呢？

雀鳥側耳
傾聽
原來樹
枝
猶如一位傷心的母親
呼喚著
戰場上的兒子般
呼喚著

落葉

酒　瓶

從酒瓶
把琥珀色的液體
倒進
杯中

假如鏡子
是酒
瓶
你說會不會倒出俊
逸？

海　泳

早也游
晚也游
每天都在游

我是另類的
魚
在海中游呀游

那麼多書
浩瀚的
海
洋

溶　解

生命
一塊快速溶解的
冰

若果
沒有怒火
沒有病痛之煎
熬
也沒有戰火
是否
慢慢溶
解？

禁　區

盛著文思
盛著鬱悶
盛著情愁
有時
也盛著快樂的
回憶

我是煙灰缸
你心中的禁
區

泡茶（之一）

一壺茶
泡著今生的寂寞
筆與稿紙
除了訴說蒼生的悲涼外
也只能訴說悲
涼

若果掀翻桌子
一個無憂無慮的人
便在大笑中
推門而
去

泡茶（之二）

愈活
心愈熱
情愈熱

你，將會熱成開
水
每天
為所愛的人
泡一壺清香的

幸福

不帶走一片雲彩

他說：
揮一揮衣袖
不帶走一片雲彩

你卻說：
真想
帶走兩樣東西

天災啊
人禍啊

美

病了病了
你在尋找有療效的
靈藥嗎？

美是愛
化身為音樂
化身為畫作
化身為雕塑品
化身為詩
化身為真摯的
感情

找到它
你就找到了
和諧感與平衡感
也就有救了

暖

因為黑夜的寒冷
街燈
才像熊熊燃燒的
火炬般
予人無限的
暖意

因為人間的寒冷
詩
才像燒著柴火的
壁爐般
任人
取暖

三天三夜

屋簷是
富有同情心的

大雨
一連下了三天
三夜
而雨水淹沒了街道
淹沒了車輛
它，也一連哭了
三天三
夜

化裝舞會

即使戴上面具
也能看出
妳的
真面目

即使不戴面具
也很難看透
他的
真面目

近視眼

咔擦一聲
妻說：
照像機比人的眼睛要
厲害
把景物看得那麼
詳細

我大笑：
這對近視眼
更厲害
連大小官的嘴臉
都看得
清清楚楚

黃昏飲茶

一壺
茶
書冊數本

一片
真情
詩千首

洞　簫

詩是
一枝洞簫

沒有洞
簫
怎麼吹呢？

沒有傷口
詩
怎麼寫呢？

試　問

名位
權勢
是什麼？

詩人笑道：
請在落日之前駐足
請在海潮消退之前
駐足

窗

喜歡坐在窗前
看外面的
世界

書是窗
心，也是

惟
書不會流淚
每當陰雨時
窗
就淚流不止

無題六行

人生
黑夜中
亮麗的閃電

情愛
一輪明月照今生
照來世

聽流泉

以前
泉流潺潺
猶如
悠揚的
輕音樂

爾今
流泉依然
卻是
歲月的
嗚咽

痕　跡

歷史是
一張稿紙

每一場戰亂
都是筆力千斤
的字跡
而錯字連篇
如果用了修正液
就能消除紙面背後
有如刀刻的
痕跡？

波　瀾

波瀾
奔過去佔據沙灘

沙灘
笑看它如何退卻

胸中的波瀾
在濤聲中
跳躍
不停

秋　語

蟲豸們
聽見
枯葉的飄零
說那是
楓樹
哀傷的嘆息

啊啊
一陣豪雨
究是他的嚎啕大
哭
抑是
大笑？

好　在

眼鏡的度數更高了
他
笑著說：
好在看得更清
楚

是人
是獸

慾 望

明明是
天氣晴朗
卻看不到
近水
遠山

嗐
你心中
那一陣濃霧
至今
未散

園　中

都快凋零了
花
還在枝頭
向秋風述說往日的
顯赫
繁華

唉
秋風只知道
蕭瑟
不知道
什麼是色
什麼是香

那　光

目光
炯炯

知否
那光
來自憐憫
來自正義
來自熱力四射之
心
猶如旭日
普照千山
萬水

酒

詩是愛
愛是酒

讀者啊
玻璃杯也好
水晶杯也好
平底杯也好
高腳杯也好
酒
都將予以
注滿

鏡　子

越來越像鏡子了
心呀
豈能不惹塵埃
豈能不
一拭
再拭

拭著拭著
就照見
是非了
拭著拭著
就照見花開了
葉綠了

強力膠

情人
有裂痕的
心
可以粘
兄弟
破裂的感情
可以粘
分裂的疆土
可以粘

利益的強力膠啊
什麼都可以
粘
就是粘不了
正與邪

馨 香

詩思
朵朵飄零的
花
落在稿紙上

千年後
讀詩的朋友啊
你是否
聞到淡淡的
馨香？
是否想到
花開歷程之
艱辛？

風兒吹

所到之處
一片
蕭瑟

所到之處
紅花
綠葉

很想問
你，心中吹拂的
是秋風
抑是
春風？

感 動

為了感動
她
感動
世界

今生
你努力成為
一首
明朗而含意深遠的
詩

傾 斜

一邊重
一邊輕
重的是自己
輕的是世界

心，是天平

爾今
重的是世界
輕的是自己

蜘　蛛

他把阿諛話織成
一張網

然後耐心地
等著名
等著利

竊　笑

半夜醒來
他
坐在暈燈下
竟發現
桌上的紙啊筆啊
紛紛竊笑

是笑
夢的荒唐
還是笑
人生的無稽？

是笑
假詩人假作家
抑是笑
假經典作品？

夜明珠

越黑暗
越明亮
在你體內
有一顆發光的小
球

據說
這小球叫
愛

點　燈

稿紙呀
浩瀚無比的
穹蒼

筆呀
就在太空裏
點起
一盞盞燦爛的
燈

掛在壁上

大標題：
醫生開刀時
突要求加價

妻
一面閱報
一面驚叫：
醫德何在呀

指著壁上的
吉他
我笑道：
醫德
掛在那裡

難走能走

世上
豈有難走的
路

如果
穿上這雙
笑聲做成的
鞋

天堂與地獄

年輕時
學會用絕望
塑造
地獄

今天
始學會用希望
塑造
天堂

狼　嚎

劃傷了
你的心
歲月之刀
爾今又來削你的
樣貌

夜半
你發出一聲淒厲
撼動天地的
狼
嚎

波音機

宿命
一架向前飛
有固定航向
的波音機
不能隨意飛
也飛不出天外
天

唉！誰說
天空任遨遊？

珠光與霞光

珠光
寶氣
私藏於保險箱

霞光
萬丈
蘊藏於詩集中

和權寫作年表

一九六〇年代 加入辛墾文藝社。努力於寫作及推動菲華詩運。

一九八〇年　詩作入選「中國情詩選」，常恩主編，青山出版社印行。

一九八五年　與林泉、月曲了、謝馨、吳天霽、珮瓊、陳默、蔡銘、白凌、王勇創立「千島詩社」。與林泉、月曲了掌編《千島詩刊》第一期至廿六期（共編二年半。不設「社長」位。和權負責組稿、審稿、撰寫「詩訊」、校對，以及對台、港、中、星、馬、美、加等地之詩刊的交流）。

一九八六年　擔任辛墾文藝社社長兼主編。

一九八六年　榮獲菲律濱王國棟文藝基金會「新詩獎」。評審委員：向明、辛鬱、趙天儀。

一九八六年　出版詩集《橘子的話》，非馬、向明、蕭蕭作序，台灣林白出版社刊行。

一九八六年　為菲華詩選《玫瑰與坦克》組稿，並撰〈菲華詩壇現況〉。張香華主編，林白出版社刊行。

一九八六年　詩作《桔仔的話》，收入台灣爾雅版向陽主編的《七十五年詩選》一書。張默評語：結構單純，引喻明確，文字淺顯，但是卻道出了海外華僑共同普遍的心聲。

一九八六年　應邀擔任學群青年詩文獎評審委員。

一九八七年　英文版《亞洲週刊》（Asia Week），介紹和權的《橘子的話》，並附和權照片。

一九八七年　加入台灣「創世紀詩社」。

一九八七年　脫離「千島詩社」。與林泉、一樂等創立「菲華現代詩研究會」。主編研究會《萬象詩刊》廿年（每月借聯合日報刊出整版詩創作、詩評論等。從不停刊）。

一九八七年　《橘子的話》詩集榮獲台灣華僑救國聯合總會華文著述獎「新詩首獎」，除頒獎章獎金外，並頒獎狀。評語：寫出華僑的心聲及對祖國與先人的懷念，清新簡潔感人至深。

一九八七年　詩作〈拍照〉收入《小詩選讀》，張默編，台灣爾雅出版社出版。張默說：「和權善於經營小詩。『拍照』一詩語句短小而厚實，敘事清晰而俐落……其中滿布以退為進，亦虛亦實，似真似假的情境……有人以『自然美、純淨美、精短美、親切美、暢曉美』（姚學禮語）來稱許他，亦頗貼切。」

一九八七年　台灣《時報週刊》七六九期，刊出和權撰寫的〈獨行的旅人〉（作家談自己的書。我寫「你是否撫觸到衣襟上被親吻的痕跡」），並附和權照片。

一九八八年　與林泉、李怡樂（一樂）合著詩評集《論析現代詩》，香港銀河出版社刊行。同時編選「萬象詩選」。

一九八九年　二度蟬聯菲律濱王國棟文藝基金會「新詩獎」。評審委員：蓉子等。

一九八九年　獲菲華兒童文學研究會、林謝淑英文藝基金會童詩獎。

一九九〇年　大陸知名詩人柳易冰主編的詩選集《鄉愁——台灣與海外華人抒情詩選》（河北人民出版社），收入和權的詩〈紹興酒〉，又在大陸著名的《詩歌報》他所主持的欄目「詩帆高掛——海外華人抒情詩選萃」中介紹和權的生平與作品。

一九九一年　詩集《你是否撫觸到衣襟上被親吻的痕跡》出版，羅門作序，華曄出版社。

一九九一年　榮獲台灣僑務委員會獎狀。評語：華僑作家陳和權先生文采斐然，所作詩集反映時事對宣揚中華文化促進中菲文化交流貢獻良多特頒此狀以資表揚。並頒獎金。

一九九一年　詩評論〈迷人的光輝〉及〈試論羅門的週末旅途事件〉二篇，收入《門羅天下》（當代名家論羅門）一書，文史哲出版社。

一九九一年　小品文〈羅敏哥哥〉，收入台灣中國時報「人間副刊」溫馨專欄精選暢銷書《愛的小故事》，焦桐主編，時報文化出版社。

一九九一年　獲中國全國新詩大賽「寶雞詩獎」。

一九九二年　詩集《落日藥丸》出版，菲律濱現代詩研究會出版發行，列入「萬象叢書之四」。

一九九二年　大陸著名詩評家李元洛評論文章〈千島之國的桔香——菲華詩人和權作品欣賞〉，收入李元洛著作《寫給繆斯的情書》，北岳文藝社出版發行。

一九九二年　詩作〈落日藥丸〉，選入香港《奇詩怪傳》，張詩劍主編，香港文學報社出版。

一九九二年　《落日藥丸》詩集，榮獲台灣「中興文藝獎」，除頒第十六屆中興文藝獎章（新詩獎）壹枚外，並頒獎金。

一九九三年　台灣文藝之窗「詩的小語」（張香華主持）於七月四日警察廣播電台介紹和權生平，並播出和權的詩多首：〈鞋〉、〈拍照〉、〈鈔票〉、〈我的女兒〉、〈彩筆與詩集〉。

一九九三年　榮獲菲律濱中正學院校友會「優秀校友獎」。

一九九三年　台灣《文訊》月刊，刊出女詩人張香華的文章〈珍禽——認識七年來的和權〉，並附和權照片。

一九九三年　童詩〈瀑布〉、〈我變成了一隻小貓〉、〈不公平的媽媽〉、〈螢火蟲〉四首，收入「世界華文兒童文學」（World Children Literature in Chinese）。中國太原，希望出版社刊行。

一九九三年　詩作〈潮濕的鐘聲〉，榮獲台灣「新陸小詩獎」。作家柏楊先生代為領獎。

一九九四年　詩作入選台灣《中國詩歌選》。

一九九四年　詩作多首入選南斯拉夫版《中國當代詩選》，張香華編。

一九九五年　詩作〈桔仔的話〉，選入《新詩三百首》（一九一七～一九九五。集海內外新詩人二二四家，三三六首詩作於一書。大學現代詩課堂上採作教材）。張默、蕭蕭編，九歌出版社刊行。

一九九五年　於聯合日報以筆名「禾木」撰寫專欄「海闊天空」至今。

一九九五年　二度榮獲菲律濱中正學院校友會「優秀校友獎」。

一九九五年　詩作多首入選羅馬尼亞版《中國當代詩選》，張香華編。

一九九五年　大陸評論家陳賢茂、吳奕錡撰寫〈談和權〉，收入評述菲華文學的史書。

一九九六年　台灣《時報週刊》九五九期，大篇幅刊出和權的詩〈除夕‧煙花——給妻〉（選自詩集《落日藥丸》），附謝岳勳之彩色攝影，及模特兒蔡美優之演出。

一九九六年　應邀擔任菲華兒童文學學會主辦第一屆菲華兒童作文比賽評審委員。獲贈感謝狀。

一九九七年　台灣《時報週刊》九八五期，大篇幅刊出和權的詩《印泥》，附黃建昌之彩色攝影，及影星何如芸之演出。

一九九七年　五四文藝節文總於自由大廈舉辦慶祝晚會，多名女作家朗誦和權長詩〈狼毫今何在〉（朗誦者：黃珍玲、小華、范鳴英、九華等人）。

一九九七～一九九九年　應邀擔任菲律濱僑中學院總分校中小學生作文比賽之評審委員。獲贈感謝狀。

二〇〇〇年　《和權文集》出版，雲鶴主編，中國鷺江出版社出版發行。附錄邵德懷、李元洛、劉華、姚學禮、林泉、吳新宇、周粲評論文章。

二〇〇〇～二〇〇一年　再度應邀擔任菲律濱僑中學院總分校學生作文比賽之評審委員。獲贈感謝狀。

二〇〇六年　詩作〈葉子〉，收入台灣《情趣小詩選》，向明主編，聯經出版社刊行。

二〇〇八年　大陸評論家汪義生撰寫〈華夏文脈的尋根者──和權和他的「橘子的話」〉，收入他的評論集《走出王彬街》。

二〇一〇年　創世紀詩雜誌第一六二期，刊出和權的詩創作〈從「象牙」到「掌中日月」十首〉，並刊出二〇〇九年十二月廿九日，攜一對子女訪台時，與創世紀老友多人在台北三軍軍官俱樂部雅集之照片。

二〇一〇年　台灣《文訊》月刊二九二期，刊出和權於二〇〇九年十二月三十一日，與多位創世紀詩社同仁拜訪文訊雜誌社（封德屏總編輯親自接待。大家一同參訪文訊資料中心書庫，並在現場留影）之照片。該期介紹和權生平及作品。

二〇一〇年　台灣《文訊》月刊二九四期，刊出和權詩兩首〈砲彈與嘴巴〉及〈集郵〉。附彩色攝影照片，十分精美。

二〇一〇年　於聯合日報社會版「海闊天空」闢「詩之葉」，致力提昇詩量詩質，影響社會風氣。

二〇一〇年　台灣《文訊》月刊二九七期再度刊出和權的詩二首〈咖啡〉與〈黑咖啡〉。附彩色攝影照片，至為精美。

二〇一〇年　詩集《我忍不住大笑》出版，楊宗翰主編，台灣秀威文化公司刊行（列入「菲律濱・華文風」叢書之十）。

二〇一〇年　《和權詩文集》出版，陳瓊華主編，菲律濱王國棟文藝基金會刊行（列入叢書之十）。

二〇一〇年　九月，詩作〈熱水瓶〉收錄南一書局出版之中學國文輔助教材《基測綜合題本》。

二〇一〇年　詩集《隱約的鳥聲》出版，楊宗翰主編，台灣秀威資訊刊行（列入「菲律濱・華文風」叢書之十九）。該書剛出版，國立台灣大學圖書館即購一冊。記錄號碼：B 3723139。

二〇一〇年　〈獨飲〉一詩刊於《文訊》。附彩色攝影照片，很是精美。

二〇一一年　詩作多首譯成韓文，刊於韓國重量級詩刊。

二〇一一年　詩二首〈筵席上〉與〈礁〉，收入蕭蕭主編之「二〇一〇年台灣詩選」，亦即《年度詩選》一書。

二〇一一年　詩作〈橘子的話〉收入《漢語新詩鑒賞》（傅天虹主編）。

二〇一一年　〈大地震之後〉一詩刊《文訊》。附彩色攝影照片，極為精美。

二〇一一年　詩作〈鐘〉又被台灣康熹文化（專門製作教科書、參考書的出版社）選入教材，亦即用於《高分策略——國文》。

二〇一一年　中、英、菲三語詩集《眼中的燈》出版，菲律濱華裔青年聯合會刊行。

二〇一二年　詩集《回音是詩》出版，楊宗翰主編，台灣秀威資訊刊行（列入「菲律濱・華文風」叢書之廿一）。

二〇一二年　獲菲律濱作家聯盟（UMPIL）頒詩聖描轆沓斯文學獎GAWAD PAMBANSANG ALAGAD NI BALAGTAS，該獎為菲國最高文學獎，亦為「終身成就獎」。

二〇一二年　三語詩集《眼中的燈》之菲譯版（由施華謹先生翻譯），在年度甄選的最佳國家圖書獎（National Book Awards）中入圍，該獎是菲國榮譽最高的圖書獎每年被提名的由各主要出版社出版的優秀書籍多達幾百本，能夠入圍的卻僅有數本。

二〇一二年　三語詩集《眼中的燈》除在菲國兩家主要書店National Book Store和Power Books，上架出售外，也在菲國數間大學被當作翻譯課本使用。

二〇一二年　詩評集《華文現代詩鑑賞》（與林泉、李怡樂合著）出版，台灣秀威資訊科技股份有限公司製作發行，列入新銳文叢之十九。

二〇一二年　受聘為菲律濱「第一屆亞洲華文青年文藝營」之顧問。

二〇一三年　馬尼拉計順市華校，擇取和權詩作〈殘障三題〉等，訓練學生朗讀。

二〇一三年　二月十六日，華校學生在此間愛心基金會朗讀和權的作品〈樹根與鮮鮑〉、〈和平之城〉、〈殘障三題〉。

二〇一三年　台灣某校高二課程有現代詩，侯建州老師把和權的作品拿出來分享討論。

二〇一四年　詩集《震落月色》出版，台灣秀威資訊刊行。

二〇一四年　和權的詩五篇〈漂鳥〉、〈在畫廊〉、〈住址〉、〈即景〉、〈一尾詩〉選入聯合新聞網udn閱讀藝文〈獨立作家詩選〉——選自《震落月色》詩集。

秀詩人03　PG1188

霞光萬丈
——和權詩集

作　　者/和　權
責任編輯/唐澄暐
圖文排版/楊家齊
封面設計/陳怡捷

發 行 人/宋政坤
法律顧問/毛國樑　律師
出版發行/秀威資訊科技股份有限公司
　　　　114台北市內湖區瑞光路76巷65號1樓
　　　　電話：+886-2-2796-3638　傳真：+886-2-2796-1377
　　　　http://www.showwe.com.tw
劃撥帳號/19563868　戶名：秀威資訊科技股份有限公司
　　　　讀者服務信箱：service@showwe.com.tw
展售門市/國家書店（松江門市）
　　　　104台北市中山區松江路209號1樓
　　　　電話：+886-2-2518-0207　傳真：+886-2-2518-0778
網路訂購/秀威網路書店：http://www.bodbooks.com.tw
　　　　國家網路書店：http://www.govbooks.com.tw

2014年9月　BOD一版
定價：480元
版權所有　翻印必究
本書如有缺頁、破損或裝訂錯誤，請寄回更換

國家圖書館出版品預行編目

霞光萬丈：和權詩集 / 和權著. -- 一版. -- 臺北市：秀
威資訊科技, 2014.09
　　面；　公分. -- (秀詩人；PG1188)
　BOD版
　ISBN 978-986-326-268-8 (平裝)

868.651　　　　　　　　　　　　　103011675

讀者回函卡

感謝您購買本書，為提升服務品質，請填妥以下資料，將讀者回函卡直接寄
回或傳真本公司，收到您的寶貴意見後，我們會收藏記錄及檢討，謝謝！
如您需要了解本公司最新出版書目、購書優惠或企劃活動，歡迎您上網查詢
或下載相關資料：http:// www.showwe.com.tw

您購買的書名：_____

出生日期：_____年_____月_____日

學歷：□高中 (含) 以下　　□大專　　□研究所 (含) 以上

職業：□製造業　□金融業　□資訊業　□軍警　□傳播業　□自由業
　　　□服務業　□公務員　□教職　　□學生　□家管　　□其它_____

購書地點：□網路書店　□實體書店　□書展　□郵購　□贈閱　□其他

您從何得知本書的消息？

　　□網路書店　□實體書店　□網路搜尋　□電子報　□書訊　□雜誌

　　□傳播媒體　□親友推薦　□網站推薦　□部落格　□其他_____

您對本書的評價：(請填代號　1.非常滿意　2.滿意　3.尚可　4.再改進)

　　封面設計____　版面編排____　內容____　文／譯筆____　價格____

讀完書後您覺得：

　　□很有收穫　□有收穫　□收穫不多　□沒收穫

對我們的建議：_____

_____

_____

_____

11466
台北市內湖區瑞光路 76 巷 65 號 1 樓

秀威資訊科技股份有限公司　　　收

BOD 數位出版事業部

....

（請沿線對折寄回，謝謝！）

姓　　名：＿＿＿＿＿＿＿＿　年齡：＿＿＿＿　性別：□女　□男

郵遞區號：□□□□□

地　　址：＿＿＿＿＿＿＿＿＿＿＿＿＿＿＿＿＿＿＿＿＿＿

聯絡電話：(日) ＿＿＿＿＿＿＿＿＿＿＿　(夜) ＿＿＿＿＿＿＿＿＿＿＿

E-mail：＿＿＿＿＿＿＿＿＿＿＿＿＿＿＿＿＿＿＿＿＿